CAMSING global
承 兴 国 际

SETON ANIMALS TO REMEMBER

西顿动物记美绘阅读

永远的冠军小战马

[加]欧内斯特·汤普森·西顿/著

赵心慧/改编　金灿/绘图

吉林美术出版社｜全国百佳图书出版单位

图书在版编目（CIP）数据

永远的冠军小战马 / 赵心慧、赵海军改编. —— 长春:吉林
美术出版社, 2018.8
ISBN 978-7-5575-4169-9

Ⅰ.①永… Ⅱ.①赵… Ⅲ.①儿童故事—加拿大—现
代 Ⅳ.① I711.85

中国版本图书馆CIP数据核字(2018)第165149号

YONGYUAN DE GUANJUN XIAO ZHANMA
永远的冠军小战马

作　　者　[加]欧内斯特·汤普森·西顿
改　　编　赵心慧
出 版 人　赵国强
责任编辑　宋凤红
总 策 划　李亚利
责任校对　梁晓晴
绘　　图　金　灿
封面设计　李　月
开　　本　787mmx1092mm　1/16
字　　数　40千字
印　　张　6
版　　次　2018年8月第1版
印　　次　2018年8月第1次印刷

出版发行　吉林美术出版社
地　　址　长春市人民大街4646号
　　　　　邮编:130021
网　　址　www.jlmspress.com
印　　刷　北京凯德印刷有限责任公司

ISBN　978-7-5575-4169-9　　　定价：33.00元

格日勒其木格·黑鹤

自然文学作家。蒙古族。与两头乳白色蒙古牧羊犬相伴，在草原与乡村的结合部度过童年时代。

出版有《黑焰》、《鬼狗》、《驯鹿六季》和《蒙古牧羊犬——王者的血脉》等作品。曾获中宣部"五个一工程"奖、全国优秀儿童文学奖、陈伯吹国际儿童文学奖、冰心儿童文学奖等奖项，有多部作品译介到国外。

现居呼伦贝尔，在自己的草原营地中饲养大型猛犬，致力于蒙古牧羊犬的优化繁育，将幼犬无偿赠送草原牧民。

从未消逝的荒野

黑 鹤

谈到西顿先生的作品，我们也许要先从他的作品在中国的出版开始。

在中国目前的出版市场上，西顿先生的作品有百余个品种。在很多情况下，读者对西顿先生的了解，仅仅是一位动物小说作家，甚至很多人认为他仅仅是一位英国作家。

当这样数量纷繁的作品出现在书店的书架上，甚至其中一些因为急于出版而显得有些粗糙的时候，有时候我想，也许我们有些过于急切了，没有真正地让读者了解这位作家更多的身份。

欧内斯特·汤普森·西顿（Ernest Seton Thompson，1860－1946），是世界著名的（英—加拿大—美国）野生动物画家、博物学家、作家、探险家、环

境保护主义者、美洲印第安原住民文化的积极传播者、"美洲林学知识小组联盟"的奠基人、美国童子军的创始人之一。

在西顿先生的诸多身份中，排在最前面的头衔，是野生动物画家。其实，尽管后来他因为一系列动物小说作品而广为世人知，但是他最初的谋生手段，是为一些报纸和杂志画插图，也正是因为这个阶段的磨砺，后来他能为自己的动物小说创造出众多、能给读者留下深刻印象的栩栩如生的插图。这些精美的插图，更详细而全面地对这些动物做出了最完美的注解，让当时的读者能够分清楚灰狼与郊狼、爱尔兰猎狼犬与灵缇犬的区别。精美而准确并且富有情感的插图，对于自然文学作品，永远有着重要的意义。

后来，西顿更多地进入荒野。最初他仅仅是以一个猎人的身份出现的旁观者，关注的也仅限于具有传奇色彩的动物故事。当他越来越深入地了解动物所处的荒野，以及曾经生活在那里与自然和谐共处的原住民的文化，他开始以一种新的角度看待荒野里的一切。所以，他也拥有了后来的诸多身份——环境保护主义者、美洲印第安原住民文化的积极传播者等。因为了解并尊重，他开始努力保护正在消逝的荒野。

正是因为后来的这些身份，西顿先生的动物小说作品成为世界自然文学中一个重要的组成部分，他是动物小说创作的先行者。在中国，我们习惯于称他为"动物文学之父"。他在创立了一种文学类型的同时，其实也让更多的读者由最初仅仅是好奇于传奇故事，到后来将视野投向那些正在开发中的荒野。

作为作家，西顿先生从来不只是一位写动物故事的人。同样，他也是一位动物行为学的先行者，是懂得并尊重荒野的。也正是从西顿先生的作品开始，当时的西方读者意识到，那些出现在美洲西部荒野中的动物，并不只是猎人枪口下的猎物，它们拥有复杂的家庭关系、社会结构，母兽在保护幼崽时也会表现出赴死的勇气。它们在为了生存而与人类博弈的游戏中也表现得足够聪明，当然，人类已经习惯于用自己的诠释方式将这种聪明称为"狡猾"。

西顿塑造了众多个性鲜明，甚至可以用巍峨的品格来形容的动物角色。

正因为西顿先生在塑造这些动物角色时投入了如此丰富的情感，让这些动物如此个性鲜明，这些动物故事才让人久久难忘。一个世纪之后，西顿先生的动物文学作品仍然是那些热爱动物文学的读者的经典之选，这是经过了漫长岁月的验证的。

1960年，为纪念西顿诞辰100周年，他的家人从飞机上将他的骨灰撒入荒野。这也许是他作为一个自然主义者最完美的归宿——重归荒野。

即使现在，我仍然记得尚是少年的我第一次读到西顿先生的动物小说时的震撼，那是美洲西部的荒野，那是崇尚狂野的印第安原住民生活的地方，那里曾经有过像洪水一样的席卷大地的美洲野牛，出现在地平线上的狂野的狼群，所有这些在荒野中的生命，西顿先生为它们谱写的是一段关于最后荒野的挽歌。

后来，我也成为一个动物小说作家。

正是因为西顿先生的影响，我在刚刚开始早期创作的时候，就已经意识到，自己不应该仅仅只是写下一些动物故事，而是应该更多地将视线投向这些动物所处的环境，它们赖以生存的最后的荒野，以及那些曾经生活在荒野中的族群。

在西顿先生著名的作品《孤独的狼王洛波 Lobo, the King of Currumpaw》中，在最后，当狼王洛波被捕获，作者写道：

狮子被禁锢了力气、老鹰被剥夺自由、鸽子被抢走伴侣时，都会因为心碎而死去。可是谁能知道，孤独的狼王在经过接二连三的打击后，会不会心碎至死呢？我想我知道这答案。

第二天天亮的时候，老洛波还是平静地躺在老地方，但是它已经死了。我取下它脖子上的链子，一位牧人帮我把它抬到放置布兰珈尸体的小屋里。当我们把它放在伴侣身边时，牧人说："来吧，你要找它，现在你们终于团圆了。"灰狼是美国西部大开发时期荒野的象征，而它们那在荒原上的嗥叫，也正是它们最后的挽歌。这让我想起作为美国西部重要象征地的黄石公园，因为人类无限制的捕杀，至 1920 年前后，美国黄石公园的灰狼灭绝了。但是，在狼群灭绝之后出现了一系列人类不曾预想到的生态问题。因为缺少捕食者，黄石公园内的加拿大马鹿迅速以几何级繁殖成长，公园内的植被几乎被摧毁殆尽。同时，另一种几乎是美国西部象征的生物野牛也出现同样的问题，它们数量激增，在毁坏植被的同时，也跑出公园骚扰私人农场，不仅破坏牧场的围篱，牧场主人更担心野牛身上带有的"布氏杆菌"影响家养牲畜的生长。

到这个时候，人类才意识到狼群存在的重要性。直到 1995 年，黄石公园才重新引进 14 头灰狼，这是一件具有里程碑意义的事，意味着人类开始从荒野本身的意义去思考，尊重大自然固有的循环方式。

西顿先生是一位热爱并努力去保护荒野的人，是尊重生命的作家与画家。

这套《西顿动物记美绘阅读》，在描述这些故事的同时，也希望通过中国插图家的努力，以一种新的方式，将这些故事呈现在中国读者的面前。

希望这套书能带孩子关注野生动物，懂得尊重自然界的所有生命，希望它是众多西顿动物记中的全新的闪亮的一种。

2017 年 11 月 22 日凌晨　成都青羊区喜来登酒店

拥有十三颗星星的兔子

　　小战马不是一匹马，而是一只聪明的长耳兔。之所以叫这个名字，是因为它十分聪明伶俐，就像在战场上飞奔的小战马一样。

　　作为卡斯卡多地区最优秀的兔子，它在跑狗场一次又一次战胜了灰狗，躲过它们的猎杀。每取得一场胜利，管事就在它的耳朵上打一颗星星。在好心人米盖的请求下，管事答应，等到小战马有十三颗星星时，就让它重获自由。

　　但是，人类的贪欲却让小战马最后面临被枪杀的危险。幸好，米盖趁乱救出了小战马，把它送回了草原。

　　小战马身上具备许多令人佩服的品质——勇敢、坚毅、机灵。也正因如此，它得到善良的米盖的赏识，在他的帮助下，最终回到了故乡，过上了自由自在的日子。

——本文改写作者　赵心慧

目录
contents

第一章
了不起的小战马

当长耳兔察觉到敌人正在靠近时，它会立刻跳起来，卸下所有"伪装"——灰色瞬间消失，耳朵显出雪白色，耳尖却是黑色的，四肢也变成白色，短短的小尾巴也是以黑色为主，以白色作为轮廓。仅仅几秒钟的时间，它就摇身一变，变成了一只黑白相间的兔子。

要说起卡斯卡多地区最有智慧的长耳兔，那可真是非小战马莫属了。

当小战马年纪还小的时候，就与一条非常令人讨厌的黄狗进行了一场战斗。

那天，那条黄狗看到小战马后，一个劲儿地追着它跑。小战马机灵地东拐西转，在田地和农场间上蹿下跳，极力想甩掉那条无聊的狗。

这种方法原本非常好用，但是那条黄狗居然出奇地有耐心，无论小战马怎样躲藏，它始终在后面紧追不舍，所以小战马的战术对黄狗来说，好像是白费力气了。

小战马继续跑，黄狗紧紧地跟在它身后，敏捷地穿过一个又一个障碍物。每次小战马都拼尽全力越过的篱笆、水沟，对于那条黄狗来说，简直不费吹灰之力，它稳健奔跑的步伐毫不慌乱。

这个强大的对手令年轻的小战马有些着急。

迫于压力，小战马最后使出了祖传绝技——向陌生动物请求支援。小战马奋力跳跃，目光所及，唯一能看到的动物是牧场上的奶牛群。小战马不顾一切地冲向这个陌生种族的世界。

原本，天性不爱多管闲事的奶牛肯定不会帮助兔子解决问题。然而，它们偏偏对狗怀有厌恶之情，大概它们常常被狗欺负，生活不得安宁。

　　因此，当看到那条面露凶色的黄狗跟在一只长耳兔后面，颠儿颠儿地跑来时，奶牛们有一种被敌军冒犯的感觉，纷纷竖起尾巴，扬起脑袋，一边用鼻子嗅来嗅去传递信号，一边围拢到一起，向黄狗发起进攻。

　　"哞——哞——"奶牛的叫声此起彼伏，牛群里一片混乱。

奶牛们的叫声闹哄哄的，脚步声也一片混乱，黄狗失去了方向，在牛群里紧张地转着圈，却仍然在寻找小战马的身影。

小战马趁着混乱，赶紧钻了个空子，找到一片矮树林藏好。它紧张又兴奋地从树叶的缝隙中观战，看见一片混乱之中，奶牛们对黄狗群起而攻之，黄狗原本想反抗，想找到机会逃出来，尝试多次仍然失败后，最终甘拜下风，逃命似的一溜烟儿跑远了。

毫无疑问，小战马凭借这个绝妙的计策，成功地逃过了危险，保全了性命。

除此之外，小战马和其他的长耳兔一样，还有一项罕见的技能——变色。

这可是除长耳兔之外的其他兔子没有的本领。当躲在灌木丛或是土地里的坑中时，它的脑袋、耳朵、背部、身体两侧呈现出与大地相近的浅灰色。这种具有保护性的毛色似乎在昭告天下："嗨，我是土块，不是兔子！"

当长耳兔察觉到敌人正在靠近时，它会立刻跳起来，卸下所有"伪装"——灰色瞬间消失，耳朵显出雪白色，耳尖却是黑色的，四肢也变成白色，短短的小尾巴也是以黑色为主，以白色作

为轮廓。仅仅几秒钟的时间，它就摇身一变，变成了一只黑白相间的兔子。

这种具有指示性的毛色再一次向对方宣布："嗨，我是兔子，一只长耳兔！我可不是好对付的，一定要离我远点儿。"

长耳兔变色的技能，主要有两方面的作用。比如，如果对方是一个同类冒失鬼，只是打扰了长耳兔的休息，那么，它展现出具有标志性意义的毛色，对方就会友好地绕道而行，互不干涉对方的活动。如果对方是山狗、狐狸或者猎狗之类的敌人，它们看到专属于长耳兔的黑白色后，就会放弃追逐。

毕竟，动物们心里都清楚，与这个品种的兔子赛跑，谁都不是它的对手。因此，变色使得长耳兔减少了不必要的麻烦，从而节省了体力，也不用被吓得一惊一乍的。

长耳兔的第三项本领，是跳跃。长耳兔不仅能跳得很远，而且跳得很高。

通常情况下，天赋一般的长耳兔能跳到两三米远的地方，能连续蹦五六下，甚至能跳得高出茂盛的草木和灌木丛，以便侦察周围的环境，了解地形。

而天赋较差的长耳兔，每次只能连蹦四下，因此要跳很多次才可以侦察到敌情，这样会浪费掉不少时间。

　　至于小战马，绝对属于天赋很好的长耳兔。只要它跳一次，就能连续蹦十二下，轻而易举地获取远方的信息，看到草丛外的情况。每跳一次，它能飞跃将近四五米远的距离。

　　所以，能看得出来，小战马的弹跳能力非常惊人。

　　此外，长耳兔奔跑时，总喜欢留下一点儿属于自己的痕迹。有些长耳兔习惯把尾巴垂直向下耷拉着，所以脚印后面是一枚细小的钩。而小战马有一条长得不同寻常的黑亮尾巴，只要它跳一下，尾巴就在雪地里印出一枚长长的钩。

　　光凭这个特点，就足以说明那是仅仅属于小战马的独一无二的印痕。

第二章
一次失去自由的浩劫

这些兔子还没有意识到自己的生活已经发生了天翻地覆的变化。它们傻乎乎地透过铁丝网看着棚外，过了一会儿，有的蹲在原地一动不动，有的绕着大棚一个劲儿地转圈，还有的躲在角落和同伴挤成一团。

虽然这些兔子聪明无比，但是它们仍然敌不过人类。

西顿动物记

永远的冠军小战马

长耳兔非常聪明，但是也有自己的天敌，它们的天敌是老鹰和猫头鹰。

老鹰目光锐利，速度惊人，它们在高空盘旋，侦查草地和田间的动静，如果看到有兔子出没，便如一支利箭一般，俯冲而下，瞬间就能抓住兔子。遇到老鹰的兔子，逃脱的概率比较低，即使是弹跳能力惊人又擅长伪装自己的长耳兔。

猫头鹰也擅长抓兔子，它们的羽毛蓬松无比，所以飞起来的时候几乎不会发出任何声音。更重要的是，猫头鹰的听觉实在是太灵敏了，田间草地里有任何动静，猫头鹰都能第一时间发现。所以遇到猫头鹰的时候，兔子必须小心翼翼，努力不发出任何声音，不然就有可能成为猫头鹰的盘中餐。

可是，有一年，农夫们制定了一条非常傻气的法令，使得长耳兔的数量猛增。那条法令内容如下：

高价悬赏：捕杀老鹰和猫头鹰。

这条法令引发了一场大规模的"屠杀"，人们奔走相告，毕竟这是一个赚钱的好法子，只要到田间野地，支起捕鸟网，或者架起猎枪，总会有收获。

所以，短时间内，兔子们的天敌近乎灭绝，使得兔子泛滥成灾，生态关系遭到严重破坏。

兔子家族瞬间变得庞大无比，眼看乡野已经被无数个兔子窝占领，农夫们这才意识到问题有多严重。作为始作俑者，农夫们决定执行一项新的计划——赶兔子。

24

为了消除"兔子大潮"的隐患，全城的男女老少都出动了。

那天清晨，几位聪明能干的年轻人被选出来，作为赶兔子行动的带领人。他们用铁丝网，在路的尽头围了一个严密的大棚。

25

西顿动物记
永远的冠军小战马

男人们带着棒槌和装满石头的口袋，女人们坐着马车，马车后面拖着一大串空罐头瓶，孩子们拿着拨浪鼓和小喇叭，一起出发了，开始了赶兔子行动。

八点钟左右，赶兔子大队全副武装，穿过林间小道，穿过河流，来到乡野间。

很快，整条巷子变得空空如也。

人们在路上遇到灌木丛和小树林时，会拼命地把手中的"武器"弄出最大声响，以便使听觉敏锐的兔子受到干扰，从而心乱如麻。

果然，无法忍受噪音的兔子纷纷从窝中跳了出来。

一些兔子被各种嘈杂的声音弄得晕头转向，朝人群跑过来，结果遭到了毫不留情的乱石攻击，很快就一命呜呼了。

起初，被嘈杂的声音赶出来的兔子并不多。

走了三里路之后，越来越多的兔子被惊扰，跑了出来。

十一点前后，队首传来号令，队尾的人朝内侧收

26

亲爱的朋友们：

这里是奇遇国童书馆，一个可以和大家一起分享精彩故事的国度，欢迎你成为这里的新居民！我们为每一位新居民准备了特别的礼物！扫下面的二维码，点"关注"即可领取哦！

神奇的礼物传送门，扫我吧！

者人墙，整支队伍呈"V"形

]，蹦啊，四散逃开。

]想找机会逃跑。

越多地聚集起来，包围圈越

:赶进了人们早已准备好的大

[们的生活已经发生了天翻地

　　它们傻乎乎地透过铁丝网看着棚外，过了一会儿，有的蹲在原地一动不动，有的绕着大棚一个劲儿地转圈，还有的躲在角落和同伴挤成一团。

　　虽然这些兔子聪明无比，但是它们仍然敌不过人类。

　　其实农夫们早就制定好了一项筛选计划。

　　那个大棚相当于为兔子准备的死亡陷阱，那个棚里事先放了五百个小箱子，最先跑进大棚的兔子，意味着是最健康、腿脚最麻利、脑子最灵光的兔子，它们的速度也是最快的，所以它们进入大棚之后，全都迅速躲进了那些小箱子里。

　　除了那些提前躲进小箱子里的兔子之外，箱子外的四千多只兔子，不是跛了就是残了，要么就是年纪大了，跑不了那么快。

它们很快就会被农夫宰杀，送到市场上售卖。至于箱子里的那些优秀兔子，并不会拥有美好的生活。那些小箱子，是为那些健康、聪明、速度惊人的兔子准备的另一个陷阱。它们很快就会被送到跑狗场，最终成为灰狗追猎的目标。

当地的人喜欢这样的娱乐，一群人为狗围了个赛道，看着狗追猎物，并以此为乐。这些身手敏捷的兔子无疑是非常好的猎物，会为人们的生活增添许多新鲜的乐趣。

就这样，五百只长耳兔被锁进五百个小箱子里，送上了远行的火车。它们的命运从此时开始，走向了另一条轨道。至于未来是悲是喜，全靠运气了。

当然，这其中就有小战马，一向敏捷灵活的它是第一拨跑进大棚的兔子。

第三章
跑狗场的训练

由于在训练中表现出色，小战马在马倌米盖和跟班的人之间出了名。每当人们聚在一起吃饭时，只要讨论起猎狗或是下赌注，他们都会聊起小战马。

不得不说，兔子这种生物，从来都不会为自己的未来生活感到担忧。

经历过闹嚷嚷的浩劫之后，箱子里的那些长耳兔并没有表现出烦躁不安。毕竟，当它们抵达跑狗场时，围场的工作人员非常温柔地把它们放了出来，并且关怀备至地喂了食物。生活似乎在朝着一个更美好的方向发展。

更重要的是，这里总算没有那些疯狂赶兔子的农夫了，一切都让它们觉得宁静幸福。或许它们还在为自己能跑得那么快而感到庆幸。

次日清晨，专属于长耳兔的训练正式开始了。

首先，它们被放在一个叫作"避风港"的圆形小场地。安顿好这些兔子后，工作人员把"避风港"周围的扇形活板门全部打开，门的另一面能看见一块更大的园子。

一些大胆的长耳兔在这些扇形门边转来转去，好奇地从这些门里钻过去，想看看园子里有没有好玩的东西。结果，不一会儿的工夫，一群男孩就从四面八方跑过来。他们闹哄哄地边追边赶，霸道地把这些兔子全都撵回了"避风港"。

后来的几天，每次有长耳兔从活板门里悄悄溜达出去时，总会有男孩把它们再赶回去。渐渐地，长耳兔们就明白了，当自己受到追赶时，穿过扇形活板门回"避风港"是最稳妥有效的方法。

它们不知道的是，这只是它们的第一课。它们被训练得熟知逃回"避风港"的路径。

很快，围场的第二课开始了。

工作人员将这五百只兔子从一扇门里赶出来，穿过偌大的园子，带进一条长长的小巷，来到远处的另一个围场。

这个围场相当于是"起点圈"，圈门和园子相通。等所有长

耳兔在"起点圈"里就位之后，工作人员打开了圈门。紧接着，一帮早已藏好的男孩带着狗，从周围冲了出来，疯狂地撵着这些长耳兔跑。

这简直是一个恐怖无比的游戏。

兔子们从来没有想过自己会被如此多的大狗追赶，这突如其来的变故将聪明、敏捷的兔子们冲击得溃不成军。

在狗群的追赶中，长耳兔们东拐西转、上蹿下跳地四处散开，向远处跑去。

一些年轻的长耳兔还保留着在老家乡下时的习惯，跳一次能蹦很多下，蹿得非常高。它们非常擅长跳跃，这一点帮助它们一次次逃过狗的追击。

在这群兔子中，有一只黑白花色的漂亮兔子格外引人注目。它的眼睛亮晶晶的，四肢干净得像是刚洗过澡一样，毛发柔顺有光泽。之所以人们都把注意力都聚集到这只长耳兔身上，是因为它轻松地跑在最前面，比狗的速度还要快，也因此成了首领。

这只长耳兔的同胞们，则被它远远地甩在狗的后面。它实在是太耀眼夺目了，就像一位天生的赛跑者，让狗们忽然充满斗志。

就在这些狗追逐这些长耳兔的时候，场外围满了前来观看的人们。人们是来这里挑选兔子的。

　　来自爱尔兰的马倌米盖就亲眼目睹了这场精彩的追逐，他的目光也被那只出色的长耳兔吸引了。看了一会儿，米盖忍不住喊道："我的天哪！大家快来瞧瞧，那只长耳兔跑起来就像一匹战马一样！"

米盖的声音引起了更多人的注意，更多人把目光投向那只兔子。对，那就是我们这个故事的小战马，它的名字正是由此而来，是马倌米盖给它取的名字。

　　在狗群的追击下，兔子大军在跑道上盲目地乱窜，失去了方向，原本训练的路线它们似乎早已不记得了。跑到一半时，小战马首先想起了"避风港"。

于是，小战马带领队伍迅速朝那儿跑去。很快，它们就像一大团飞舞的棉絮，匆匆掠过穷追不舍的狗群，跑回了"避风港"，那里暂时是安全的。

到此为止，围场的第二课结束了。

在这节课中，兔子们学习到：一旦被赶出园子，无论遇到什么危险，直奔"避风港"就对了，至少那里能保命。

接下来的一周里，工作人员又乐此不疲地进行了很多次演习，他们不断地训练兔子们的速度、反应能力、熟悉逃跑路径的能力。他们在为即将到来的"追猎俱乐部"的开幕会做准备。这个开幕会会吸引很多人来观看。

由于在训练中表现出色，小战马在马倌米盖和跟班的人之间出了名。每当人们聚在一起吃饭时，只要讨论起猎狗或是下赌注，他们都会聊起小战马。

"今年老迪南会带他的灰狗明基来比赛吗？"一位训狗人说。

"我保证，就算他来，小战马也会轻而易举地把明基甩掉。"另一位训狗人说。

"你也太高估那只兔子了！我打赌，它还没跑到看台，我的

第三章
跑狗场的训练

灰狗就能让它命丧黄泉。"一位牵着一只灰狗的驯狗人马上激烈地反驳。

米盖说："可以。我押上我的一个月工钱来和你打赌——没有一条灰狗比得过小战马。"

就这样，米盖和那位训狗人下了赌注。

在开幕会正式开始之前，几位训狗人组织了几次临时比赛，让兔子们和灰狗比。每次比赛中，小战马都表现得极为出色，越来越多的人相信它是一位优秀的奔跑者。灰狗从"起点圈"到看台，再到"避风港"，都没能追上小战马。

这可真是一只稀奇的长耳兔。

第四章
预赛规则和黑幕

兔子东躲西藏，拼尽全力想赢得胜利。如果跑在最前面的那条狗对兔子造成了威胁，兔子就会灵活地躲闪到一侧，以此保护自己。兔子聪明而灵活，曾经在田间生活的经验帮助它们躲避危险，在"避风港"的训练，让它们记住了熟悉的逃跑路线。

激动人心的"追猎俱乐部"终于拉开了帷幕！

这天清晨，天气晴朗。看台上满满当当地坐着来自大城市的人，看台下是一圈圈环绕起来的竞赛跑道。

几乎所有的驯狗师都集结在这里，他们带着自己的一条或一对灰狗来参加比赛。这些即将参加比赛的狗虽然被皮带拴着，却享受着非常高的待遇。它们身上披着贵重的毛毯，露出强壮有力、肌肉发达的四肢、蛇一样纤细的脖子和漂亮的脑袋，长长的嘴巴上方是一双滴溜溜直转的黄眼睛，神情里透露出一丝不安。

毕竟，人们把大把的钱押注在这些灰狗身上，它们相应地承担了很大责任。如果赢了，成功捕到猎物，会得到应有的奖赏；但如果输了，一无所获，一定会受到惩罚。

比赛的规则简单易懂。"追猎俱乐部"的组织者会将这些参加比赛的狗分组，一般是按照狗的品种来分组的。

分好组之后，这些灰狗会进行一对一的决斗，最先捕到猎物的狗就是胜利者。获得胜利的狗会被再次分组，再次进行比赛，再次决出胜负。每次决斗开始前，工作人员都会挑选一只长耳兔，送进"起点圈"。而这只被挑选出来，进入"起点圈"的兔子，

第四章
预赛规则和黑幕

就是狗的猎物。它的身边就是被人牵着的一对灰狗，只要它一跑远，牵狗的人就松开皮带，敦促这对灰狗同时起跑，灰狗会拼劲全力追赶兔子。此外，裁判也会披着鲜红的披风，骑在马上，跟随着灰狗和兔子跑，记录它们的动向。

兔子依靠往日的训练，飞快地穿过跑道，奔向属于自己的"避风港"。它们的一举一动都被看台上的观众们看得一清二楚。它们的追逐越激烈，看台上的观众越兴奋。有的观众会为灰狗欢呼加油，也有些观众为兔子捏一把汗。总之，这是一场残酷却能让人们开心的游戏。

两条灰狗紧紧地跟在长耳兔的身后，努力想要抓到兔子，以获得奖赏。兔子东躲西藏，拼劲全力想赢得胜利。

如果跑在最前面的那条狗对兔子造成了威胁，兔子就会灵活地躲闪到一侧，以此保护自己。兔子聪明而灵活，曾经在田间生活的经验帮助它们躲避危险，在"避风港"的训练，让它们记住了熟悉的逃跑路线。

只要兔子做出躲闪的动作，那条领先的狗就会得分。但要真正得分，则需要抓到兔子，并且咬死兔子。

如果这是一只没有经过好好训练的长耳兔，那么它通常没跑多远就会被敏捷的灰狗咬死。一般来说，几乎所有的长耳兔都有可能死在跑道上。只有极少数情况下，它们能穿过跑道和园子，平安地跑回"避风港"。

　　总而言之，最后一共可能出现四种结果：

　　第一，兔子被咬到，速死。

　　第二，兔子回到"避风港"，身体状况良好，胜利。

　　第三，如果灰狗在大热天里一直奔跑，会因为巨大的压力造成心力衰竭，兔子侥幸逃过一劫。

　　第四，如果兔子不进"避风港"，不停躲闪、公然反抗，并且有危害狗的举动，就会被人用猎枪杀死。

　　另外，在卡斯卡多地区，还有很多人在"追猎俱乐部"中造假、贿赂裁判。

第二场比赛的前一天，一位戴着金项链的男士找到米盖，米盖是这次比赛中的裁判。男士递给他一根雪茄，悄悄说："如果明天你去放狗，让老迪南的明基输一场，我就再给你一根雪茄。"

"没问题，我知道该怎么做手脚，能让明基最多只得一分。而且，它的赛友也会同样倒霉。"

"真的吗？"那位男士饶有兴趣地点点头，说，"可以，那这样吧，事成之后，我会再给你两根雪茄。"

西顿动物记
永远的冠军小战马

　　在这之前，放狗的人一直是斯莱曼。他是一个铁面无私的正直人。几乎没有谁能从他这里得到一点私利，因此许多人都很信任他，但也有人因此而憎恨他。有一次，一个带着一箱金币的人找到斯莱曼的上司，造谣中伤他。这个人语气诚恳、底气十足，上司只好撤销了斯莱曼的职务，由米盖接替。

　　米盖是个穷小子，他可不愿意如斯莱曼一样诚实，以至于钻牛角尖。如果有机会一下子挣够一整年的工钱，对灰狗和兔子还没有丝毫害处，他一定非常乐意干。

　　况且，长耳兔长得都很像，这只不过是换只兔子就能解决的问题。

　　这天晚上，米盖开始想主意了。

第五章
激烈的决赛现场

第二天，小战马几乎上了全市的每家报社的头条。它被人们颂扬成一只具有神奇能力的兔子，这令米盖开心极了。

初选结束后，工作人员清点了一下长耳兔的数量，发现有五十只兔子在比赛中被灰狗猎杀了。

米盖为了保住自己的工作，除了那次使了一点小计谋之外，整个初赛期间都非常公平公正。

如今，马上就要进入争夺奖杯的决赛了。除了奖杯，米盖又惦记起那些数额巨大的赌注。

这会儿，明基和它的对手优雅地站在跑道旁准备上场。到目前为止，一切都稀松平常，但是，谁也不能保证之后发生的事情就一定公平。毕竟，米盖可以随便放任何一只兔子出来。

"三号！"米盖冲着他的跟班喊。

不错，如你所想，放出来的长耳兔正是我们的小战马！

只见小战马顶着它那对黑白花色的长耳朵，轻巧灵活地跳到人们的视野中。可是，当看到园子周围人山人海时，它有些怯场了。

于是，出于本能，小战马习惯性地跳了一次，在空中连着蹦了十二下。

米盖发出刺耳的喝声，他的跟班则一个劲儿地用棍子划拉篱笆，弄得嘎吱响，催促小战马早点进入比赛状态。小战马在一片

聒噪中，更加卖力地跳起来向前跑。

小战马自由地跳啊，蹦啊，很快就跑远了。在小战马距离起点三十米远时，米盖郑重地给灰狗松开了皮带，将灰狗们放进了赛道。

明基和它的对手确实具备良好的身体素质。它们飞奔向前，一腔孤勇地去追赶小战马。那幅动物之间相互角逐的场景真是棒极了！看台上的人也跟随着它们，兴奋地呼喊。

很快，小战马就遥遥领先了。它飞奔起来的样子，既像一只白色的海鸥，又像天边的一朵云彩。

经过大看台时，明基和小战马的距离已经越拉越远了。还没等观众反应过来，那只黑白花色的小东西已经麻利地"飘"到了"避风港"。

明基和它的对手慢慢停下来。比赛已经没有任何意义了，因

54

为狗输给了兔子。

看台上的人们骂声连连，但同时还有一部分人为小战马发出了骄傲的欢呼声。米盖是开心的，老迪南是生气的，而记者是兴奋的。

第二天，小战马几乎上了全市所有报社的头条。它被人们颂扬成一只具有神奇能力的兔子，这令米盖开心极了。

与此同时，驯狗人士进行了很长时间的争论。由于两条灰狗都没赢，所以明基需要和它的对手再进行一场比赛。但是，因为这两个选手之前已经耗费了大量体力，所以两条狗的主人最终都没有忍心让自己的爱犬再次赛跑。

同样是这一天，米盖又碰见了"金项链"。

"答应你的雪茄。喏，米盖，接着，""金项链"说，"这事儿办得不错。"

"谢谢您！我就说吧，一切都没有问题。我当时就估摸，两根雪茄肯定能到手！"米盖说着忍不住点了一根雪茄，有滋有味地吸了一口。

第六章
一战成名

　　追猎俱乐部每周都会举办两次比赛，每次比赛都有将近五十只长耳兔死于疲劳或灰狗的猎杀。所以从追猎俱乐部开幕式那天起，比赛进行到现在，当初运来的五百只兔子，存活下来的所剩无几了。

从那场比赛之后，小战马成了米盖的骄傲。他越来越喜欢这只兔子。

身正不怕影子斜，斯莱曼的罪名得到澄清，他又恢复了放狗人的身份。于是，米盖的职位被降低，变成了放兔子的人。

对于这个调整，米盖并没有感到多么伤心。因为，这意味着他和小战马相处的时间变得更长了！

农夫们组织的赶兔计划，总共为跑狗场送来了五百只兔子。然而，在众多长耳兔中，只有小战马出名了。

事实上，有一些长耳兔也顺利地通过园子，安全抵达了"避风港"。然而，次日放出它们继续跑时，只有小战马在跑道上连一个躲闪都没有，其他兔子因为头一天的比赛而筋疲力尽，很快就输在赛场上。

追猎俱乐部每周都会举办两次比赛，每次比赛都有将近五十只长耳兔死于疲劳或灰狗的猎杀。所以从追猎俱乐部开幕式那天起，比赛进行到现在，当初运来的五百只兔子，存活下来的所剩无几了。

年轻的米盖之前没见过这么残酷的比赛，他渐渐对兔子们抱

有极大的同情心，同时更加关注小战马的比赛情况。

自从这只厉害的长耳兔成名之后，每次比赛都被放出来跑，并且每次都顺利到达"避风港"。它身上的那股坚韧劲儿令米盖非常钦佩。于是，米盖逢人就夸小战马，说："这个在灰狗面前看起来不起眼的小家伙，可是一位低调的英雄呢！就像一匹真正的战马！能够和小战马过招，是灰狗的荣幸！"

一般来说，兔子很难安全穿过跑道，更何况还要在保持速度的情况下，毫不躲闪地通过。因此，当小战马第六次平安跑进"避风港"，而参与比赛的一对灰狗不得不打成平手后，评论家开始为此写起了短评：

兔子再次赢了灰狗。这说明，人类的朋友——狗儿，已经退化得如此严重。

就这样，舆论的力量使得米盖更加为小战马感到骄傲。他甚至带着上好的雪茄去找跑狗场的管事，商量说："嗨，老总，我建议咱们把这个能干的小家伙放了吧。这是一只伟大的兔子，应该有属于自己的空间，它应该获得自由！"

管事对磨人的米盖感到无可奈何。毕竟，给一只兔子自由，

第六章
一战成名

是多么可笑的说法！但是，他实在不想伤害善良的米盖，只好说：

"好吧，我答应给小战马自由，前提是它要跑够十三次比赛才成。"

米盖说："十三次太多了，跑够十次不行吗？"

管事连连摇头，摆着手拒绝："没得商量，我还指望小战马给新来的狗立个下马威呢。"

"好，那我们一言为定，就十三次。十三次之后它就自由了！"米盖期待着那一天早点到来。

第七章
有意义的十三颗星星

这种事情要是放在过去，小战马一定会毫不犹豫地反击。但是这次，它刚从赛场上结束奔跑，体力透支，连自卫的力气都没有。因此，小战马被这只公兔伤得很严重。它身上有两块淤青，此外，还有多处已经凝血的伤口，它无力地瘫倒在地上。

跑狗场先前运来的五百只兔子大多数已经死掉了，但追猎俱乐部需要继续经营下去，毕竟这中间有许多利润可赚，而且成本及其低，不过是需要一些不值钱的兔子而已。所以这段时间，工作人员又从别处收来了一批新的长耳兔。

新收来的这批兔子中，有一只兔子和小战马长得非常像，都有黑白花色的毛。但是，它的速度可比不上这位跑步界的传奇。

看着这只新来的兔子，米盖也迷糊了。光凭外表，米盖是分不清这两只兔子的。虽然他跟长耳兔相处了很长一段时间，但还是无法分辨。

为了不至于在比赛时弄错它们，米盖想了一个办法。他从"避风港"把小战马抱出来，放进一个舒适的运货盒里，带到跑马场的看门处。

看门人的办公室里总有各式各样的工具，以备不时之需。米盖借来了一个打孔器，准备在小战马的耳朵上做记号。只要做上记号，就不会弄错了。米盖这么想着。

兔子的胆子还是有些小的。一开始，小战马看到打孔器后，本能地朝盒子里缩，就是不肯出来。米盖好说歹说，千劝万劝，

65

它总算怯生生地跳到地面上。

"没事，亲爱的，别害怕。这个打孔器很好用，就像被蚊子叮了一下似的，不会特别疼。"米盖一边摸着小战马的脑袋安抚它，一边在它的右耳上迅速打了六个小孔。

"看啊，多漂亮的小孔，就像六颗小星星。只要你能集齐十三颗星星，就自由啦！"米盖说。

这六颗小星星是小战马胜利的标记，也是它区别于另一只长耳兔的记号。

米盖期待着那一天的到来，小战马赢了十三次比赛，重获自由，回到乡野间，自由地奔跑蹦跳，就像一朵飞起来的云。

小战马没有让米盖失望。在接下里的比赛中，小战马屡战屡胜，每一次获得胜利之后，米盖都会在它的耳朵上补一个小孔。这些小孔仿佛是胜利的旗帜，正在等待小战马重获自由。

十天之后，小战马跑完了第十三次比赛，并且每一场比赛都获得了胜利。就像和米盖约好了似的，小战马一次也没有让米盖失望。

现在，小战马的左耳上有六颗小星星，右耳朵上有七颗小星

第七章

有意义的十三颗星星

星。人们谈论起它时，又有了新话题。

"那只耳朵上有十三颗星星的兔子，简直是一个传奇！"

"我从来没见过那么神奇的兔子！"

听到人们夸奖小战马，米盖非常高兴，这比他拿到工资都更叫他欣喜。

"现在小战马就是一只自由的长耳兔了！'十三'可真是一个吉祥的数字啊。管事大人，你答应过我的，现在我们要把它放生了！"米盖找到管事大人，请求他兑现他当初的承诺。

管事说："对，我之前确实答应你了。但是，昨天我和别人打赌的时候，在它身上下了赌注。只要小战马和新来的一条狗比一场，我们再把它放了也来得及。"

米盖没想到会是这样的结果，管事并不想兑现自己的承诺。

"嗨，米盖，瞧瞧你这愁眉苦脸的模样，该不会是把这只兔子当成自己的孩子了吧？放心得了，灰狗一天都得跑两三次，难道长耳兔就不能跑了吗？"管事厚着脸皮说。

"可是，灰狗不管怎么跑都不会有性命危险。那些猎枪指着的可是长耳兔啊！"米盖绝望地请求着。

　　"够了，别废话了米盖，想保住饭碗的话，就赶紧给我滚出去。"管事翻脸了。米盖无奈极了，可是他想不到更好的办法，只能寄希望于这次的比赛，希望管事能说话算话。

　　也就是在这期间，新添的兔子中有一只天性好斗的公兔，它早就看不惯被一群工作人员轮流照顾的小战马了。

　　有一天，当小战马再次从跑道上冲进"避风港"时，那只公兔躲在门口，当小战马刚进来时，它偷袭了小战马。

　　这种事情要是放在过去，小战马一定会毫不犹豫地反击。但是这次，它刚从赛场上结束奔跑，体力透支，连自卫的力气都没有。因此，小战马被这只公兔伤得很严重。它身上有两块淤青，此外，还有多处已经凝血的伤口，它无力地瘫倒在地上。

　　这次受伤对小战马来说，简直如同一场灾难。过去十多天的比赛已经让它很累了，再加上这次严重受伤，小战马的速度降低了，也没有往日的活力。

第八章
精疲力尽的比赛

小战马看到对手那副疲倦的模样，倒是长了精神和胆量。它又竖起耳朵，朝着"避风港"冲去。然而，还没跑多远，它又被拦住了。随后，它左躲右闪，和灰狗玩起了捉迷藏的游戏。

新的一场比赛开始了！

和之前的比赛一样，小战马一跃而起，一溜烟跑远了。它的脚步轻快活泼，微风穿过它耳朵上的那十三颗星星时，发出"嗖嗖"的声响。

明基和它的新赛友——梵果，在工作人员放开皮带的一刹那，迅速朝小战马追去。这一次，出人意料的是，狗儿和兔子之间的距离越来越小了。也许是身上的旧伤隐隐作痛，使得小战马的速度变慢了，它渐渐体力不支。

跑到大看台前面时，明基拦住小战马，逼得它躲闪到一边。明基因此得了一分。驯狗人禁不住连连鼓掌，高声欢呼，为自己的狗儿感到骄傲。

快跑到五十米时，梵果又拦住小战马，逼得它再次躲闪。所以梵果也得了一分。

现在，比赛又打成了平手。

小战马在一次次地躲闪中渐渐失去优势。再加上新来的梵果有着强大的实力，眼看自己的小命马上不保了，小战马猛地跳向跑道外的米盖，一下子扑进了米盖的怀里。

73

明基和梵果着急地停下来，朝着米盖汪汪叫。

小战马之所以有这种举动，并不是因为它有多依赖米盖，而是遵循了最初的本能：去找陌生人或者中立方来帮助自己，以逃脱敌人的威胁。

和从前向奶牛求助的经历相似，小战马这次的运气也很好，再一次逃对了地方。

米盖抱紧小战马，匆匆地带它离开跑道。驯狗人拦住他，抗议道："不公平！比赛还没有结束，现在谁都不许走！"说罢，他们就拉扯着米盖去管事那儿评理。

管事也下了赌注——是他让小战马和梵果进行对决的。因此，他下令让小战马马上再比一次。

米盖无可奈何地看着这群疯狂的人。

"可是，你们看到了，它已经受伤了，没有办法继续比赛。"米盖极力为小战马争辩着。

"比赛有比赛的规矩，逃不过狗的追捕，肯定会丧命，这是一开始就定好了的规矩。"两位训狗人不依不饶。

最后，米盖无可奈何地向管事求助："小战马是一只非常难

得的兔子，可能很多年里我们都难以遇到这样的兔子了。它已经赢了十三场比赛，今天实属意外，如果它今天丧命在灰狗的口中，这种比赛还有什么意思？再优秀的灰狗都没有这么好的对手了。"

管事曾经爽过约，多少有点心虚，他想了想，最后答应米盖，可以让小战马休息一个小时再比赛。

米盖赶紧将小战马带到休息室。刚进休息室，小战马就趴在桌子上大口大口地喘气，它实在是太累了，连日来的比赛让它筋疲力尽。

精疲力尽的比赛

一个小时的休息时间很快就结束了，比赛再次开始时，小战马就像一支离弦的箭，精神焕发地向前冲。两只灰狗耷拉着舌头，喘着粗气在它身后紧追不舍。

起初，小战马一直跑在最前面。它身形灵活，和从前的每一次奔跑一样。然而，它的体力仍然在不断流失，梵果和明基离它越来越近了。刚刚到达看台时，小战马就被梵果和明基先后拦住。

小战马有些着急，一会儿往回跑，一会儿又横着跑，慌得上蹿下跳，差点儿被恶狗咬死。站在看台上的米盖紧张不已，它的心跟随着小战马的揪成一团。

这样的状态一直持续了十多分钟。

米盖看到小战马的长耳朵渐渐耷拉下来，他感到心慌不已。梵果向小战马扑过来时，小战马躲闪着，紧贴着梵果的肚皮，从梵果身下逃跑了。

可是，还没缓过神时，小战马又遭到了明基的攻击。

不过，两只灰狗所取得的短暂性胜利也并不轻松。它们跑得气喘吁吁，肚皮起起伏伏，累得不行。

小战马看到对手那副疲倦的模样，倒是长了精神和胆量。它

77

精疲力尽的比赛

又竖起耳朵，朝着"避风港"径直冲过去。然而，还没跑多远，它又被拦住了。随后，它左躲右闪，和灰狗玩起了捉迷藏的游戏。

驯狗人担心自己的爱犬跑了那么久，会有生命危险，于是，他们又放出两条狗，准备把明基和梵果换下来。

本来明基和梵果快要追不上小战马了，胜利就在眼前，它马上就要顺利抵达"避风港"，结束这场艰难的比赛了。结果，新来的两条狗又把它拦住了。

小战马看着堵在自己眼前的敌人，绝望不已。

第九章

坚持完成比赛

终于，时间到了，比赛结束了。两条灰狗呼哧呼哧地吐着大舌头，累得趴倒在地上。

米盖从跑道外侧冲过来，疯了似的指着它们骂道："你们这些畜生！恶棍！胆小鬼！"说罢，他忍不住举起手想揍狗儿。

事到如今，小战马别无他法，只能依靠一次又一次的躲闪才能保住性命。

小战马不理解人们为什么说话不算数，也不明白比赛规则为什么可以随意变动。

总而言之，小战马不是很懂人类世界的生存法则。它想起曾经在乡下田野间的自由生活，在田间草地里蹦来蹦去，虽然偶尔也会遇到灰狗的追击，会遇到狐狸、老鹰等天敌，但那些惊险而刺激的日子里，至少还有自由。可是如今呢，一切都像是泡影，早已消失得了无踪迹。

这会儿，小战马还在拼命跑。此刻，它能清楚地感受到自己的心脏在"怦怦"直跳。那双原本骄傲的高高竖着的长耳朵，逐渐耷拉下来，紧紧地贴在脑门儿上。

不过，小战马极具体育精神，似乎一直在说服自己坚持下去。只见它灵活地左拐右转，灰狗没有它灵活，虽然继续穷追不舍，但是迫不得已地跟着小战马的节奏跑，所以它们总是不小心碰撞在一起，每次碰撞都会导致速度下降。

虽然不如小战马聪明，但新来的这两条灰狗的战斗力极强，

第九章

坚持完成比赛

其中一条差点儿追上小战马，而且还狠狠地咬了一下它的尾巴。

小战马疼得打哆嗦，仍旧及时逃脱了。可是，两只灰狗依然两面夹击，逼得小战马没办法按照最熟悉的路线逃跑，迟迟无法抵达"避风港"。

在相互追击中，小战马被灰狗撵到了大看台前面。

近千名观众在看台前面看着赛道上的情形，小战马那副慌乱逃窜的可怜模样令观众们紧张不安，也有些观众觉得它那样子实在是太好玩，太搞笑了，许多太太和小姐们拿手绢捂住嘴巴，吃吃地笑起来。

终于，时间到了，比赛结束了。两条灰狗呼哧呼哧地吐着大舌头，累得趴倒在地上。

米盖从跑道外侧冲过来，疯了似的指着它们骂道："你们这些畜生！恶棍！胆小鬼！"说罢，他忍不住抬起手想揍狗儿。

很快，管事就带着一群跟班跑了过来，骂骂咧咧地要把米盖赶出赛场。米盖赖着不走，挥舞着拳头宣泄怨气："你们这群不把动物放在眼里的臭流氓，一个个都是自私鬼！说什么公平竞争，一点儿都不公平，一点儿都不！你们就是骗子，大骗子！"米盖把脑海中所有难听的字眼儿全都骂了一遍。

观众席上的观众们越发大笑起来，在他们眼里，这场景实在是太好笑了，一个放狗人居然因为一只兔子在跟训狗人吵架。米盖气势汹汹地吵闹着，最终被两个壮汉硬生生地拖出了赛场。

第九章
坚持完成比赛

大门关上的最后一刻，米盖瞥见那四条狗正在有气无力地追击小战马。小战马看起来疲倦极了，它身上旧伤未复，又添新伤。骑在马匹上的裁判打了个响指，冲猎枪手示意了一下。

大门关上的瞬间，米盖听见两声枪响，紧接着传来人群的喧闹声和"汪汪"的狗叫声。他失魂落魄地瘫坐在地上，清楚地意识到，小战马遭遇了第四种结局。

虽然米盖也是爱狗人士，但是，他真的看不惯动物之间这种不公平的竞争。米盖越想越生气，在门外徘徊。他所在的这个位置，看不到里面的情况。

后来，米盖灵机一动，顺着小巷子跑进了"避风港"。巧的是，刚一进去，他就看见小战马一跛一拐地进来了。

谢天谢地，原来枪手一紧张，把子弹打偏了！毕竟，看台上有那么多人盯着他看呢。

米盖站在"避风港"的高处，向远方望去，发现最后是一条灰狗挨了枪子儿。有位兽医正坐在灰狗旁边帮忙处理伤口。

第十章

小战马自由了

自从小战马回到家乡后，人们在这个火车站附近的田野间碰到它很多次。这里依旧有赶兔行动，但是，小战马再也没有上当受骗过。毕竟吃一堑，长一智。

多亏了善良的米盖，小战马从此获得了真正的自由……

小战马总算逃过了一劫，保住了性命。它趴在篱笆边，舔着身上的伤口，那模样可怜极了。

　　现在这个"避风港"已经空空如也，当时这里可是有五百只兔子，而且都是非常优秀的兔子，它们逃过了农夫设下的陷阱，跑到小箱子里避难，最终被送到了这个冷漠的跑狗场。小战马当初的伙伴早已陆续去世了，新来的兔子伙伴也所剩无几。

　　然而，人们无所谓，他们继续他们的生意，继续他们的娱乐方式。

　　米盖看着这个空空的"避风港"，看着奄奄一息的小战马，决心做一件大胆的事情。

　　他朝四周看了看，从角落里找到一个小小的运货箱，然后小心翼翼地把小战马放进箱子里，轻轻合上盖子，手脚麻利地翻过篱笆，逃出了这个没有人情味的跑狗场。

"没关系，反正已经在这里受够了气，丢工作也不是一件多叫人难过的事情。"米盖自我安慰道。

米盖带着小战马，一刻不停地走了很远，他担心训狗人和管事会追上来，毕竟小战马如此优秀出色，很多观众都是为了看小战马的比赛才买的票。

一直到天渐渐黑下来，米盖终于离开了那座令人厌烦的城市。他在郊区的站台上了火车，准备带小战马回兔子之乡。

这会儿，天色已晚，繁星闪烁，天边的一弯月儿把夜空衬托得非常浪漫，夜幕下的平原辽阔极了。有时候，偌大的空间和舒适的环境会让人的心胸都变得豪迈。

米盖深吸了一口气，再次觉得自己的做法是完全正确的。他打开运货箱，郑重其事地把小战马放了出来。

"嗨，小家伙，能让你重新获得自由，是我的莫大荣幸。"米盖温柔地摸着小战马的脑袋。

一开始，小战马有些疑惑，不知道自己为什么会被带出来，也不知道即将前往的地方是哪里，会不会有新的危险。它把身体蜷缩成一团，先是盯着米盖看了一会儿，又把小脑袋扭向了远处

小战马自由了

的牧场、篱笆和苜蓿。

　　火车在暮色中开向远方，哐喊哐喊的声音消散在身后的荒野上。小战马在米盖的怀里睡着了。米盖静静地看着这个小家伙，想起这段时间里，一起经历的那些困境和磨难，嘴角露出了温柔的笑容。

西顿动物记
永远的冠军小战马

"终于能回到你熟悉的地方了。"米盖轻声对小战马说。

天色还未完全亮起来，天边悬挂着一枚金色的眉毛一样的月亮。火车停靠在一个小站台边。米盖带着小战马下了火车，他把小战马从盒子里抱出来。大概是太疲惫了，小战马睡得很沉。米盖轻轻地推了推它的小脑袋，小战马这才睁开眼睛。

米盖把它放在沾着露水的草地上。小战马的身体动了动，迈着小短腿朝前跑了两步，还蹦跶了几下。

第十章
小战马自由了

空气里传来熟悉的香味，那是青草香，是露水香。那味道跟城市的味道完全不一样。

等确认这个地方比较安全甚至非常熟悉后，小战马舒展开身体，竖起那对有十三颗小星星的漂亮耳朵，一下子就跳到远处，与夜色融为一体。

天渐渐亮了起来，远处的天空里，初升的太阳红得像一只熟透的橘子。

阳光温柔地照在小战马黑白的毛发上，像披上了一件薄纱。远处的草丛里有田鼠出没，它们大概刚刚睡醒，正在觅食。

原来，这是我的故乡啊。小战马深深地吸了一口新鲜的空气，畅快地跑开了。

自从小战马回到家乡后，人们在这个火车站附近的田野间碰到它很多次。这里依旧有赶兔行动，但是，小战马再也没有上当受骗过。毕竟吃一堑，长一智。

多亏了善良的米盖，小战马从此获得了真正的自由……